Reglas en la escuela

Reglas en el patio de recreo

Dwayne Hicks
traducido por Fátima Rateb

ilustrado por
Aurora Aguilera

press™

New York

Published in 2020 by The Rosen Publishing Group, Inc.
29 East 21st Street, New York, NY 10010

First Edition

Translator: Fátima Rateb
Editor: Rossana Zúñiga
Art Director: Michael Flynn
Book Design: Ricardo Córdoba
Illustrator: Aurora Aguilera

Cataloging-in-Publication Data

Names: Hicks, Dwayne, author.
Title: Reglas en el patio de recreo (Rules in the playground) / Dwayne Hicks.
Description: New York : PowerKids Press, [2020] | Series: Reglas en la escuela |
   Includes index.
Identifiers: LCCN 2018024145| ISBN 9781725305014 (library bound) | ISBN
   9781725304994 (pbk.) | ISBN 9781725305007 (6 pack)
Subjects: LCSH: Playgrounds--Safety measures--Juvenile literature.
Classification: LCC GV423 .H53 2020 | DDC 796.06/8--dc23
LC record available at https://lccn.loc.gov/2018024145

Manufactured in the United States of America

CPSIA Compliance Information: Batch #CSPK19. For further information contact Rosen Publishing, New York, New York at 1-800-237-9932

Contenido

Hunter está en kínder.
¡Su clase irá hoy al patio de recreo!

—Recuerden las reglas en el patio
de recreo —dice el señor Wu—.

Cuando oigan el silbato, es hora
de regresar al salón de clase.

Hunter quiere jugar al juego
de cuatro cuadras. Espera su turno.

Es un juego nuevo.
Ahora es el turno de Hunter
para jugar.

Hunter mira a James trepar la cerca.

—No debes trepar la cerca,
James. No es seguro.

Hunter ve un vaso en el suelo.

Hunter recoje el vaso y lo tira donde
corresponde. No debe haber basura
en el patio de recreo.

Hunter espera en fila para el tobogán.

Dos niños se están empujando.

—¡No empujen! —dice
el señor Wu—. No es seguro.

¡Oh, no! ¡Ahmed se hizo una herida
en la rodilla!

Enseguida Hunter busca
la ayuda del señor Wu.

Hunter se da cuenta
de que Stacy está sentada
sola en la banca.

Hunter juega un juego con Stacy.

El señor Wu sopla su silbato.

—¡Es hora de guardar! —dice.

Hunter y Stacy guardan el juego.

Todos se forman en fila para regresar al salón de clase. Hunter conoce las reglas en el patio de recreo.

(la) cerca

(el) tobogán

(el) silbato

Índice

3 1333 05195 3840